UZU 渦

TOKUMASA KUROIWA 黒岩徳将

港の人 MINATO NO HITO

渦

目次

I

泣き黒子水鉄砲を此処に呉れ

昼は夜を覆ひ尽くせりアイスティー

次々に花の名を聴き沙羅に着く

端欠けて光る昆虫用ゼリー

白薔薇や回転ドアに触れず出る

蜘蛛の巣の中のはちきれさうな雲

さくらんぼ怪談の間も抱き合つて

耳打ちの蛇左右から「マチュピチュ」と

踏む音の石から草へ蛍狩

子鴉の口それぞれに炎なす

寝台に投げし鞄と青林檎
ＬＯＶＥと背に描きたるデモの裸かな

青島麦酒喧嘩しながら皿仕舞ふ

バンズよりはみ出す肉やサングラス

この蔦を越ゆれば変はる学区かな

白桃やピアノに小さき手のかたち

杭摑む蜻蛉脚一本余し

鶏頭の真下のみづのすぐ乾く

八月のレンズ格納庫を捉へ

背中より弱火にせよと秋の暮

充血の眼柘榴と言ふべきか

道後　宝厳寺全焼

坐せば地平立てば秋天焼跡に

爽やかや綿飴越しに目が合つて

子の尻を両の手に持ち曼珠沙華

もろこしを動く歩道で頂きぬ

手に指に熱し子規忌の飯茶碗

間取図をスワイプいわし雲流れ

腕ひろぐ冬といふ字になるやうに

小春日の腹つつきあふ声楽科

自己採点続く蜜柑を握りしまま

見上ぐれば竹馬の道真つすぐに

一茶忌の馬穴を蹴れば星生まる

口笛となるまでの息冬桜

改札は有馬記念の靴の音

ストーブが肉屋の空気揺らしをり

紫にはじまる鳩の首や寒

消防隊整列実南天含め

セーターの袖をとほつて胸に風

ハムの縁コリコリ硬し雪曇

呼鈴を軒の氷柱に触れてから

宿の鍵放りて布団凹みたる

春遠しサンドバッグはビルに似て

春は名のみの大きな靴の居候

片栗の花に屈むと踵浮く

建国の日のあんぱんのやうな雲

室外機の上と下なる猫の恋

にはたづみ掃いて伸ばして春の昼

花屑が手羽先用の紙皿へ

書く前の手紙つめたし夕桜

霾るや包《パオ》の柱のまくれなゐ

II

水音は風の足音春キャベツ

傘が地に触れて東京ひこばゆる

たんぽぽは僕が発見すみれは君

まづレタス敷いて始めんサラダバー

虫出しの雷や黒ずむ砂消しゴム

三校の卒業生が改札に

犬よりも丸まつて寝る朧かな

夜の明くるまへの目覚めや浅蜊汁

釣果なき一家や湖に春の雪

花馬酔木雲の切れ間のなき朝

ジェラートは二個づつ春のベレー帽

繰り上がり合格の子とチューリップ

風船に透けて風船売昏し

掃き寄せて花屑らしくなりにけり

神々が跳び箱を待つ立夏かな

黄昏の蟹が一匹づつ岩へ

脱衣籠ごと天蛾を見せに来る

青胡桃木登りをせず死ぬだらう

宮大工ロープで汗を拭ひけり

唇も鼻も隠るるトマトかな

蛾と裸電球ねむる人のうへ

ががんぼが落つ電気代明細に

スーパーに会ふ妹のサングラス

青林檎服を摑みしまま眠る

プールより喧嘩仰ぐや脚浮かし

飛込台登りゆく者みな猫背

スイミングキャップ撫づれば毛の痛し

にこにこと辞めてゆくなり日日草

白玉やバンド解散しても会ふ

帚木の等間隔にありにけり

ビールケースに立つて見る稲穂かな

左大文字も入れて撮りにけり

職捨つる九月の海が股の下

鰯の尾びれ別の鰯の眼を覆ふ

子規の忌の饂飩が繋ぐ皿と喉

秋果暖色新興国の株講義

長き夜の肘直角にして胡弓

電線のある日本の芋嵐

毒茸踏んで岡本太郎来る

干蛸を回すほどなる秋の風

どれがどの家の道具や芋煮会

いつまでも来ず寒柝の三打目は

パン屑が鯉に当たつて鴨の辺へ
背に小枝乗せてゆりかもめが回る

這ひて追ふ枯蟷螂の倍の影

白滝の結びの緩し花八手

龍の玉帰るたび母痩せてゆく

もの摑まざりし一日蕪切る

除雪車の雪を落とせばカステラ色

司書さんが栞をくれしクリスマス

初夢はバターロールの丘に終ふ

空港に真白きピアノ春隣

Ⅲ

強きハグ強く返すや海苔に飯

公魚を釣る剝き出しの額かな

倍速で聴く盆梅の育て方

まんさくの花や拳の中の指

永き日の化石に屈む膝の張り

掌を田螺がひとつづつ零れ

石蓴掻く鳶に尻を突き出して

鳥雲に入る風呂敷の波頭

ショー終へし海豹の手の置きどころ

北窓を開きドーナッツの看板

括られし風船柔く打ち合へる

中腰に進む空手部花菜風

小綬鶏の首の橙より鳴けり

渦潮や両手で摑む哺乳瓶

暁の青麦に訃の来てしまふ

龍天に昇る蒸籠の隙間より

蟻出でし穴に嵌めたる指の腹

シャッターに新聞を挿す朝桜

蝌蚪の頭が一つ日輪覆ひたる

句読点牛後に似たり梨の花

ヒヤシンス塾の受付口低し

剃刀がひきかへす喉揚羽蝶

自転車のハンドルに鷺立ちゐたる

昼顔の国なり此処も対岸も

夜の雲を祭太鼓が押し返す

ぎぼうしやピアノを辞めし指の数

蚊柱の中心のずれ続けたり

黒揚羽薊つかめるまま傾ぐ

炎熱や紺色太きタイ国旗

昏睡は泉の如しジギタリス

台灣夜市火蛾も漢字も溢れをり
パイナップルケーキ碧潭風景區

潦跳ぶ殿の登山靴

犬が君嗅ぎ当ててゐる祭かな

アキレス腱伸ばす神輿を担ぎつつ

今朝の秋ごみ収集車葉を零す

秋めくや手首叩いてオムレツ巻く

草雲雀髪切つて髪掃く仕事

掌が桃を離れて柔らかき

夢二忌のシャワー弱めて稲穂めく

ドアノブを夜食の盆で押して入る

秋天へ吠ゆ綱引の最後尾

猫じゃらし揺れ腰骨に手の記憶

八の字に糞まる犬や豊の秋

地震終はる葡萄の中の葡萄にも

破蓮の奥の日曜学校へ

賢治忌の子は鳥の名を言ひ当つる

目瞑れど螻蛄鳴く闇に入れざる

風吹いて人来てゴーヤチャンプルー

水平に運べぬ柩秋夕焼

波郷忌の仰臥思はぬ骨の鳴る

枯草や化石に雨の匂ひたる

ＯＢもゐる小春日の合唱部

ショートカット専門店へ冬帽で

受話器より踏切の音雪催

膝掛を広げて海の話かな

ボーナス減るらしく金魚も赤薄れ

ぽんかんやソファーにひらく肩の幅

餅の杵振り上ぐるたび口開く

股引の羽毛をとつてから畳む

冬の暮立膝の父雨を告ぐ

賀状書く番地の途中からは見て

出し切つてゐる寒禽の濁り声

大寒の達磨の眉の寄り合へる

股広がらず竹馬を降りられず

肩とんと叩き焚火の番替はる

俺と牛の頬にほくろや冬青空

寒月光八丁堀に来れば濃し

Ⅳ

カヤックの腕づかひ春手繰り寄せ

木の枝に鍵吊るさるる雨水かな

みどりの扉開けば君や春の昼

土手は春野球の声におーと言ふ

聴くやうに野梅を嗅いでゐたりけり

花ミモザ呼鈴鳴らすまへに来る

春キャベツ手書き伝票飛びやすし

夕飯を考へ凧の糸を巻く

渦潮に集ふあらゆる目の力

蝶ふんと放ちてラナンキュラスかな

鳥雲にコの字に直す会議室

スキーより戻り豆苗伸びてをり

日なたにもすずしきところ葱坊主

歯が眩しスイートピーと言ふ人の

桜餅こしあん靴に土弾む

芝桜埴輪の馬に短き尾

パンジーが十色だれもゐない丘

小手毬の花信号で背伸びして

この中に頭痛のしやぼん玉あらむ

フランベに喝采春夜六畳間

薄目して薄暮なりけりきんぽうげ

踏切に腿上げの君夏始まる

水飲みし胸を叩いて新緑へ

サンダルで机の下に蹴り合へる

柚の花や二人の家に同じ本

おやすみと電話を切つて金魚見る

燕の子両隣より口開けて

揃ひけり磯鵯と言ひし声

サイダーや花屋の前の男たち

水槽を隔て目高の睦み合ふ

ライスシャワー子の頭にも跳ねて夏

花合歓に日照雨こまかくありにけり

噴水が何も濡らさず落ちにけり

隅に荷を寄せて大広間に昼寝

蕎麦殻枕ずらし昼寝の君起こす

頬ずりで凹んだやうな夏の月

遊船や傘も手帳も膝の上

きらら虫脚注を引きかへしたる

かぴかぴの紫陽花ピザ窯で焼けますよ
椎茸やパーマがかつこいいつてさ

翌る日の七夕竹の雨の粒

指が指に逢ふ新涼のバケツリレー

ブラウスの鹿爽やかに僕を見る

花カンナもうすぐ駅のできる町

湧水もかなかなも白濃かりけり

懸垂の一人はスーツ赤蜻蛉

寝ねがてに月の光の水を飲む

旅はバゲット一本ととんぼうと

波の音して白菊が黄に変はる

南瓜煮る明日は明後日を待つて

味噌汁を吸へばジャズ鳴り出す夜長

自転車に案山子一体担ぎゆく

コスモスのやうに話してくれたこと
とろろ汁俺が言ふのもあれやけど

大阪の雨の一滴シャンピニオン
どんぐりを追つて見たことないとこへ

鳥つんと引き返したる柚子の上

不確実性団栗に水楢も

自動ドア開き夜寒の飛び込みぬ

欠伸より大きな柿を貰ひけり

地芝居の爺に集中線集ふ

文化の日パン屋の奥の黄のソファー

ももんがが飛んで湖真つ平

綿虫を見てゐて首が水平に

森林の色のネットカフェの毛布

ポインセチア四方に逢ひたき人の居り

冬麗の頬を噛み合ふ子豚かな

冬の山太極拳は礼に果つ

寒雀乗ると水車の動き出す

氷面鏡隣にねむたさうな人

雪折のうしろの空が晴れてをり

寒林を鳥の見えざるところまで

コーンポタージュ水鳥はもとの位置

雪掻のフードを脱げば友の母

セーターに紅茶の色が似てきたる
車輌間移動吹雪と並行に

落葉降る花屋の撒きし水の上

氷柱より切手につけるほどの水

激流は喉奥にあり蒼鷹

V

さへづりにほどける腰のカーディガン

踝に犬の来てゐる末黒かな

春宵のトロンボーンが奪ふソロ

風に首晒して雛を流しけり

はくれんや橋の下から名を呼ばれ

剪定を仰ぎて何もなさざりし

つばくらや一俵に貼る納品書

春昼の貝の散らばる地蔵かな

弔電の読まれゐる頃揚雲雀

先生と強く呼びても田打ちをり

馬運車の全輪春の土に乗る

パンジーのほどよく透けてはちみつ屋

陰見せて羊しづかに毛を刈らる

寝袋に触るる両耳春の星

マシュマロを全球炙る朧かな

桜蘂降る更新のなき夜空

ラジコンの削ぎし若芝氷川丸

凧降りてくるまで犬の坐りゐる

白孔雀放し飼ひなる日永かな

雑巾で黒板を拭く目借時

ごんずいを眺めて胃腸薬が効く

風音のゆきどころなき干潟かな

藤棚を過ぐる一人は潜らずに

フィッシングメール藤棚にて消去

熊蜂の尻を卯の花零れけり

炒飯の海老の弾力夏始まる

鈴蘭や耳朶に経絡夥し

雲が雲押し合ふ朝や更衣

燕の子巣に顎つけて待ちゐたる

校庭に二つの試合桐の花

絵筆溶くやうに金魚が水槽へ

万の目高と中腰で横歩き

ぼろぼろに立つ黄菖蒲の咲きはじめ
形代に記す昔の筆名も

手刀を切つて茅の輪をくぐりけり

夏服の会釈薙刀袋ごと

シーサーに阿吽ありけり阿が涼し

鉤も真つ黒三伏の中華鍋

洗つても拭つてももう鰻の手

車中泊夏の大三角形に

帚木の中をばさばさ雨の粒
心臓もみんみんみんも膨らんでくる

店員がサーフボードも数へけり

在宅といふ夕蟬の終はり方

ピーマンに掬ふ酢豚の餡重し

赫赫とねぶたと回る地銀の名

タッパーに詰める豚足花カンナ

ゐのこづち下から上に叩き払ふ

ゑのころやごうんどうんと洗濯機

雲梯に立つて運動会眺む

メリーゴーランドの鞍のなべて冷ゆ

金粉をぶちまけし空柘榴割れ

新聞の上に鯊百匹曲がる

秋燕や科挙に詩作のありしこと

たくさんの手を山霧に翳しゐる

蓑虫を羽毛の通り過ぎにけり

落花生割つて捨てても良き酒場

十月やピアノに食らひつく猫背

建材の上に巻尺破芭蕉

前屈の踝秋を惜しみけり

石膏の完全な球冬に入る

セーターやまんばうの口半開き

ゆつくりと雲へ今川焼の湯気

波郷忌の切られし髪の掃かれけり

手袋の五指閉ぢ開きちやんとある

ぱきぱきと貝踏み戻る千鳥かな

けふ打たれし胴に柚子湯の柚子が寄る

聖夜劇十歩で行けるベツレヘム

ボーナスと仰ぐ気球のなき夜空

吹雪く夜のカヌレに一つづつ火口

着水のまへ白鳥の少し浮く

皮蛋に三つの緑雪曇

懐炉ごと片手を覆ふ両手かな

冬麗や泣かれて抱けば腹突かれ

どちらからともなく凭れ冬の海

水仙や電車が見えて小走りに

給湯室寒し最終出社日も

日記書く野菜室の葱思ひつつ

スキーバス朝の太陽を引き摺り出す

追伸に雪だよと書き投函す

嘴太鴉ふはつと雪の塔に立つ

あとがき

二〇〇六年〜二〇二三年の三三〇句を句集に収めた。編年体ではなく、五つの章を立てた。

高校生の時に夏井いつき氏に出会い、この詩型に取り組み続けることを確信した。母校俳句創作部にて共に句座を囲んだ亡き小池康生氏をはじめとして、様々な人との出会いを経た。今井聖主宰のエネルギーとチャレンジ精神に共鳴し、「街」で刺激を受け続けている。

句集題「渦」は友人に提案いただいたものである。これからも事物や人の中で、時に巻き込みながら、時に巻き込まれながら生きていきたい。

詩歌は苦々しい現実から離れて私の呼吸を深くしてくれるものには違いないが、同時に私を現実世界に踏みとどまらせてくれる重石でもある。

とにかく体温が感じられるものを書きたい。自分のルーツである台湾の句も数句残した。

俳句は苦しい詩型である。しかし、苦しさと同時に復活と再生をも表現できる。負を正に変える力を信じたい。

「港の人」の上野勇治様、そして、句集制作に関わってくださった全ての方に感謝を申し上げます。最後に、心を支えてくれているパートナーへ。いつもありがとう。

二〇二四年　料峭の東海道線にて

黒岩徳将

黒岩徳将（くろいわ・とくまさ）
一九九〇年、兵庫県神戸市生まれ。
二〇〇六年、京都府洛南高等学校俳句創作部にて句作開始。「いつき組」所属。今井聖主宰「街」同人。第五・六回石田波郷新人賞奨励賞。二〇一七年度「街未来区賞」。第三回俳句大学新人賞特別賞。二〇二三年度「街賞」。アンソロジー『天の川銀河発電所　Born after 1968 現代俳句ガイドブック』入集。共著に『新興俳句アンソロジー』。
現代俳句協会青年部長。

渦

二〇二四年五月五日初版第一刷発行

著者　黒岩徳将
装丁　福島よし恵
発行者　上野勇治
発行　港の人
神奈川県鎌倉市由比ガ浜三―一一―四九
〒二四八―〇〇一四
電話〇四六七―六〇―一三七四
ファックス〇四六七―六〇―一三七五
www.minatonohito.jp

印刷製本　シナノ印刷

ISBN978-4-89629-437-8　C0092